Für meinen Sohn

Altwerden ist nichts für Humorlose
Und Lila geht immer!

So sieht die Autorin das und ist froh, in Richtung „Senium" wenigstens den Humor – auch den gelegentlich schwarzen – (noch) behalten zu haben.

Älter werden ist nicht einfach, aber recht interessant.
Wie wirklich „das Alter" am Lebensende sein wird, weiß niemand. Ansonsten würde wohl der Reiseverkehr in die Schweiz stark zunehmen.
Eine alternde Gesellschaft mit wenigen deutschen Kindern, die immer mehr Probleme bekommt und zerrissener wirkt denn je, gehört genauso dazu, wie dies und das und: Was schon immer mal gesagt werden wollte. Mit guter Beobachtungsgabe, persönlichen Erfahrungen, Selbstironie und auch mit dem bohrenden Finger in der Wunde, beschreibe ich, wie ich mein Altern und die Umwelt erlebe.
Eine gewisse klare Sicht der Dinge und Kritik ließen sich nicht immer vermeiden. Manches ist "böse", aber nicht immer so gemeint. Wer auf praktische "Hilfe" wegen meines Berufes hofft bei Krankheiten, wird enttäuscht werden. Diese werden nur und weil es nicht anders geht, am Rande indirekt kurz erwähnt.
Mit wenigen Sätzen.

Anouk Alborg ist 1961 geboren und lebt in einer Stadt. Arbeitet mit Jungen, Alten und Kranken.

Anouk Alborg

Altwerden ist nichts für Humorlose

Und Lila geht immer!

Inhalt:

Ich will nichts mehr über Krankheiten hören!

Ich bin ein offener Mensch. Und habe keine Probleme (mehr) auf andere Menschen zu zu gehen. Irgendwie sollte man sich ja wünschenswerter Weise im Leben weiter entwickeln. Dinge hinter sich lassen und neue vor sich sehen. Stillstand ist der Feind des Neugierigen.

Gerade derzeit, in diesem außergewöhnlich heißem Jahr und seit Monaten ausgiebig Sonne satt , wäre das doch ein Ansatz zu einer kleinen Plauderei, die man gelegentlich erlebt, wenn man viel unterwegs ist.
Es sei erwähnt, ich lebe in einer großen Stadt.
Aber dass bedeutet noch lange nicht, dass die
Menschen hier grundsätzlich zugänglicher sind.
Sind eigentlich andere Völker auch so abweisend zu den Mitmenschen?
Man sitzt allein am Tisch. Geht vorbei, wenn jemand zusammen bricht oder vorher noch geschlagen wurde, was das dann zur Folge hatte. Schaut lieber weg, als Missstände zu benennen. Und die Meisten möchten alles gern so haben wie immer.

Seit Merkel klappt das ganz gut. Sie ist der Garant für „immer weiter so" mit Scheuklappen und einer großen Portion Ignoranz, sowie fehlender Selbstreflexion :
Und immer schön weiter ...bis zum Abgrund.

Wie gesagt, bin ich nicht nur ein offener Mensch, der in einer großen Stadt lebt, sondern auch noch ein Nutzer der öffentlichen Verkehrsmittel. Aber auch diese vielen Menschen jeden Tag, sind kein Garant auf nur ein Gespräch oder ein freundliches Lächeln.
Oder doch. Fairerweise erwähnt, das passiert schon mal - jedoch eher selten.
Da ich gern lache und angeblich Humor besitze, sind meine Mundwinkel auch mit jetzt schon zunehmenden Alter oft nach oben gerichtet, normalerweise zumindest noch gerade. Was eine Frau meines Alters doch sehr erfreut. Auch, dass ich noch nicht ganz aus dem Rennen und bin und noch Beachtung finde, erfreut mich auch sehr. Ein Verwandter sagte schon mit Fünfzig zu mir: „Nun ist bei Dir der Lack auch ab!" (By the way - selbst über zehn Jahre älter.)

Und das lädt dann diese oder jene doch ein, mich anzusprechen. Männer gucken lieber, trauen sich aber nicht. Quatsch. Wollen meist gar nichts mehr.
Von den Frauen. Oder sind schon Jahrzehnte mit einer zusammen.
Allgemein sind es ältere Frauen oder ganz alte. Und ich kann nur ahnen, aber weiß nicht wirklich warum, die nach dem ersten harmlosen, unverbindlichen Satz von Ihren Krankheiten anfangen!? Innerhalb von zehn Minuten erfahre ich dann, dass zwei Krebs-Erkrankungen überstanden wurden, die Tochter schon lange tot ist und der Gatte gerade frisch verstorben.
Das ist so ein verbaler Übergriff und distanzlos.

Durch Kopfnicken und Schweigen hoffe ich, dass mein Desinteresse bemerkt wird und die Person einfach aufhört, ohne dass ich gleich unhöflich wirke.

Oder lächele ich dabei etwa noch?
Falls, müsste ich es sofort einstellen.

Bisher halte ich mich noch zurück, aber einige Varianten für einen "Konter" hätte ich schon:
„Ach, wenn ich nicht aufpasse und so ohne Galle, dann kriege ich stinkende Fettstühle. Unberechenbar!"
Ich hätte das noch so einiges mehr in petto und ungeahnte Varianten der Steigerung.
Da würde dem Gegenüber wohl der Mund offen stehen bleiben und die Sprache verschlagen.
Das wäre viel zu privat.

Dass sich in meinem Leben leider immer noch zu viel um Krankheiten, Ärzte und Leid dreht und zwar hauptsächlich im Beruf, kann die sich gerade bei mir aussprechende Person nicht wissen.
Und täte ich was völlig anderes, wäre es mir auch zu unsinnig und zu viel über Krankheiten und Leiden, anstatt den schönen Dingen des Lebens zu reden.
Und vor allem, diese lebenswerten, geistig und kulturell schönen Dinge auch zu tun.

Schon lange strebe ich nach dem „Licht" und dem Schönen.

Wie und wo steigen im Alter die "inneren" Werte?

Alt werden ist nicht einfach. Letztens habe ich alle Fotos durchgeschaut, die ich noch habe. So klassisch von früher mit Hochglanz oder matt. Digital gibt es inzwischen auch schon viele. Nicht jedes Moderne ist schlecht für die Älteren. Dauert halt alles länger - oder auch mal sehr lange - bis die Technik und die Handhabung verstanden ist. Als gute Hilfe geeignet sind die Enkel oder Kinder für den, der welche hat. Wurde darum gebeten, nach bestimmten Fotos zu suchen. Und fand von mir einen ganzen Stapel Passbilder, die ich früher sammelte. Ich war einfach hübsch!

Wird man wirklich „unsichtbar", wie ältere Frauen meinen, oder macht man sich selbst dazu?

Dabei beherrschen ältere Menschen das Stadtbild. Das Durchschnittsalter hier liegt bei ca. 45 Jahren.
Auch da liege ich nun schon weit darüber.
Man kann nicht länger leben, ohne zu altern.
Mir fallen oft Menschen auf, die ich beobachte oder auch gern anschaue, weil sie etwas Besonderes an sich haben und schon älter oder alt sind.
Also sind diese nicht unsichtbar.
Ich werde sehen, wie ich damit umgehen kann und werde, wenn diese vererbten „Hängebäckchen" mehr werden und „der Hühnerhals" fortschreitet.
Die Ansätze sind längst da.
Rolli kann ich dann nicht tragen, der beengt mich zu sehr. Eine Macke entstanden durch frühere Erlebnisse.

Halstuch und Bindeband ist der Klassiker, um zu verdecken, was dann doch jeder ahnt und weiß.
Von Busen und Bauch will ich gar nicht erst anfangen.
Ja, ich „war" bildhübsch. Vergangene Zeit. Vorbei.
Was ich damals aber nicht glaubte und sehen konnte.
Aber heute - in meinem „zweiten" Leben ist es so, als würde ich eine andere Person aus einer vergangenen Geschichte betrachten.

Denn es gab ein Leben davor und eines danach.
Ich schreibe in Metaphern. Ist vielleicht hier am Anfang des Buches günstiger für den Verkauf!

Umso mehr diese frische Attraktivität geht, desto wichtiger werden die viel beschworenen „inneren" Werte. Allgemein ist damit gemeint, dass die Äußerlichkeit (als die Oberflächlichkeit?) zugunsten der inneren Werte verloren geht.
Nur hat denn jeder viel von diesen gepriesenen, inneren Werten? Da könnte man bei genauerem Nachdenken ins Grübeln und Zweifeln kommen.

Denke ich nur allein an die Kundschaft, die sich einem täglich förmlich aufdrängt im Sinne von Akkordarbeit. Und gnadenlos nach(d)rückt.
Aber immer schön freundlich und schwitzen bei heißem Raumklima mit schlechter Luft.
Noch dem unangenehmsten Kunden soll ein gutes Gefühl und angemessene Beratung gegeben werden.
Und das bitte intensiv und zügig hinter einander.
Die meisten psychischen Erkrankungen und Ausfälle

durch Arbeitsunfähigkeit soll es in den Dienst-Leistungsberufen geben. Erst anderen helfen bis zum Abwinken, bis einem selbst geholfen werden muss. Oder nicht mehr zu helfen ist.

Die „Arbeit am Menschen" ist psychisch auf Dauer recht anstrengend. Und stehen sie mal 8 Stunden lang am Stück. Da schmerzt ganz unangenehm die Hüfte. Oder liegt es am Alter?

Gewiss kommt auch vieles von den Kunden zurück, wenn diese sich gut beraten und aufgeklärt fühlen. Sie kennen doch sicher diese Begegnungen, in denen eine spontane Sympathie vorhanden ist. Und dann hat man plötzlich einen neuen Kunden, gewonnen, der gern stets nur zu demselben Mitarbeiter möchte. Die Kundschaft ist so bunt und vielschichtig, wie man selbst und dieses Land.

Man hätte ja auch was anderen erlernen können, jedoch fallen viele berufliche Entscheidungen so früh im Leben an, dass die Tragweite dieser Entscheidung selten erkannt werden kann.
Und falls es erkannt wird, ist es meist zu spät.

In Deutschland macht man nicht so einfach mal was anderes. Da gelten vor allem das Papier, das Diplom und der Lehrbrief. Als wäre man an dem erlernten Beruf fest getackert. Für alle Ewigkeit.

Frische Liebe - alter Mann (70) - junge Frau (50)

Und Männer sollen angeblich mit zunehmenden Alter immer interessanter werden.

Leider sehe ich das, wortwörtlich gemeint, nicht so.

Hautnah und direkt nebenan zu beobachten: Er ist 70 und arbeitet noch fleißig und sie ist um 50 und ruht sich zu Hause aus. Ein frisch verheiratetes Paar, was sich erst vor geraumer Zeit gefunden hat.

So wurde mir erzählt.

Er redet mit seiner Gattin, als wäre sie ein Kind mit mentaler Beeinträchtigung. So besonders „helle" scheinen beide nicht zu sein. Wobei ich ihm geistig mehr zutraue als ihr. Sie hört sich an, wie eine naive, Mitte 20Jährige. Und beschwert sich wiederum, er würde zu viel an ihr zu kritisieren haben.

Und er traut seiner Gattin anscheinend so einiges zu, was sozial nicht so nett und verträglich ist. Wenn ich richtig hingehört und verstanden hatte letztens.

Ich neige nicht dazu, meine Zeit an der Wand mit dem Ohr zu verbringen. Nur so kleine Geplänkel und Streitgespräche im Hausflur oder vorm Haus, auf dem Balkon, lassen sich nun mal leicht mithören.

Und laut sind beide sowieso. Nicht nur mit Schall erzeugenden Geräten, wie dem dauernd laufenden Fernsehgerät, sondern auch im Gespräch, beim Telefonieren und wenn die Katzen, eine heißt Daisy, eine andere Dolly, gemaßregelt werden. Die Namen der restlichen konnte ich noch nicht mithören.

Kinder gibt es keine. Wäre wohl auch problematisch

in dem Alter.

Leider oder zum Glück (ich bin ambivalent und komme zu keinem klaren Entschluss, was mir lieber wäre) wird mich später höchstwahrscheinlich kein männlicher Mitbewohner beim Frühstück fragen: "Schatz, hast Du Deine Tabletten schon genommen?"

Katzensammler

Aber eine neue, junge Katze nach der anderen wird in
die kleine zwei Zimmer Wohnung aufgenommen.
Die Vermieter denken, es handele sich nur um 2 kleine
schnuckelige Haustierchen. Es sind bereits 5 Stück.
Von denen 2 doch recht übergewichtig wirken.
3 sind solche mit ganz langen Haaren - Perser?
2 Kätzchen gemustert wie Tiger.

Mal schauen, was der erste sogenannte Winter in
dieser neuen Wohnung bringen wird, so im Sinne von
Katzenurin und Gerüchen.
Neugierig bin ich sehr, wie man 5 Katzen, 5 Katzen-
Toiletten, 15 Schalen für Wasser, Nassfutter und
Trockenfutter, sowie zudem zusätzlich mehrere Kratz-
bäume auf gut 60 Quadratmeter positioniert?
Und nicht zu vergessen, 2 Erwachsene dazu.
Diese Menge an Behältnissen empfiehlt der Tier-
schutzbund bei Art gerechter Haltung, wenn von
einer Katze auf fünf hochgerechnet wird.
Wann und wie werden diese Mengen an Futter und
Katzenstreu ins Haus gebracht. In der Dämmerung?
Im Dunkeln? Oder hinten über die Fenster im Garten?
Gibt es nun noch eine zweite Partei im Haus, die eine
Affinität zu den "dunklen Zeiten" besitzt?
Und wo werden diese Mengen entsorgt?
Doch wohl nicht auch noch am Nachbarhaus?
Bisher sah ich nur Herrn F. und ein Kind dort.
Die Vorhänge im Wohnzimmer sind bis auf einen
Spalt immer zu.

Die Wohnung scheint verdunkelt zu sein. Die Katzen dürfen aber Tag und Nacht raus auf die Loggia. Und sind, wie bekannt, in der Nacht aktiv.

Ich liege mit dem Ohr ca. 1 Meter hinter der Wand. Zum Glück gibt es Ohrstöpsel.

Auch leide ich unter einer starken Allergie gegen Katzenhaare. Ab und zu muss ich mal kräftig niesen und die Augen brennen leicht mit Rötung. Ich werde mir jedoch nicht einreden, diese Symptome könnten was mit den Luxus-Langhaar-Modellen von nebenan zu tun haben! Psyche und Körper hängen zu sehr zusammen.

Als die neuste Anschaffung zum ersten Mal auf dem Balkon saß, wollte ich diese und auch die anderen, so war es zuerst geplant von mir, fotografieren. Falls die Vermieter wieder behaupten sollten, das stimme nicht. Ich sah also dieses helle Knäuel auf dem Kratzbaum in der Dämmerung, holte das Handy und machte ein Foto mit Blitz. Sofort erschien das Foto und ach Schreck, der Hausherr von nebenan saß nackt nah bei der Katze vor einem Bier, das ich für eine weitere Katze gehalten hatte. Ich nichts wie wieder rein in die Wohnung. Seitdem ist es aber erträglicher mit dem TV und auch mal leiser. Manchmal sind es die kleinen Dinge im Leben, die hilfreich sein können, oder etwa nicht? Weitere Dokumentationen der Katzenvielfalt nebenan, verbiete ich mir erst einmal nach diesem unglücklichen Vorfall.

Die Nachbarschaft und ich grüßen einander nicht.

Schon mein erstes "hallo" wurde kaum erwidert.
Standen aber auch schon nah Schulter an Schulter vor
den Wohnungstüren, da diese über Eck gelegen sind.
Zu unterschiedlich sind die Interessen:
Sie "markieren" ihr   Revier mit lauten Schall und
Katzenurin? Und ich meines mit anfänglichen Be-
schwerden, die alle aussichtslos blieben, sowie mit der
steten Weigerung, einen "Guten Tag" zu wünschen.

Seitdem ich so günstig zur Haustür wohne und neben,
über und unter dieser Wohnung so viel Interessantes
passiert, kann ich verstehen, warum Menschen hinter
dem Fenster stehen und auch ansonsten lauschen.
Wären diese Nachbarn nicht der Hauptgrund, dass ich
im schwierigen Wohnungsmarkt innerhalb kurzer Zeit
mit all diesen Unannehmlichkeit und Kosten wieder
suchen muss, vielleicht würde die "Aufmerksamkeit"
bei mir nachlassen.
Ich glaube nicht, dass ich mich letztlich zu einem
"Haussheriff" verwandele, wie es schon erlebt wurde.
Ein feiger Mitläufer, der andere aber gleichzeitig
verriet und als Zeuge für alles zur Verfügung stand.
Dieser Mensch hatte sich mit den Herren des
Dachausbaus verbündet. Besonders und bevorzugt mit
dem polnischen Arbeiter, der im Baubüro einquartiert
wurde, den "Bau" (der keiner war) und vor allem die
Mieter zu überwachen. Und besonders die, sie sich
vehement wehrten.   Also die Widerspenstigen, die
Renitenten. Nämlich damals wir.

Mit 80 noch vertrieben - Endmietung brutal

Nichts ist von Dauer und alles im Leben immer im Fluss. Ich möchte erwähnen, nach dreizehn friedlichen und vernünftigen Jahren des Wohnens in einer günstigen 2-Zimmerwohnung, „endmietet" und vertrieben worden zu sein. Genau das, von dem man hört und liest, ist mir passiert. Mein Kind wurde davon zum Glück nicht betroffen. Wurde nur etwas indirekt durch mich in Mitleidenschaft gezogen. Es gab viel zu tun, wenn man sich verkleinern muss und sein halbes Leben aussortieren und wegwerfen, da die mögliche Miete nun plötzlich nur noch für die Hälfte an Quadratmeter reichte.

Es begann mit einem dubiosen Dachausbau 2016, der bis heute kein Ergebnis erzielt hat, außer einem komplett zerstörten, abgetragenem Spitzdach für angebliche Luxuswohnungen.

Das Gebäude hat kein Dach mehr und vor einigen Monaten wurde ein Notdach darüber errichtet.

Die komplette Einrüstung existiert nun bereits über zwei Jahre.

Die Bauherren waren anscheinend keine Unbekannten mehr in Bau- und Immobilienkreisen und bei den möglichen Erwerbern. Und hatten vor diesem ein „Projekt" mit Millionen Euro im zweistelligen Bereich in die Insolvenz geführt.

Das war ein gnadenloser, unorganisierter Abriss mit meist polnischen und anderen osteuropäischen Arbeitern. Mit den Mietern unten darunter wohnend.

Es wurden keine Ausweichwohnungen angeboten.
Man hatte Angst in diesem Altbau von 1955.
Der Lärm und die Erschütterungen waren enorm.
Aber es entstand einfach nichts!
Trotzdem blieb die Hoffnung, dass diese Situation, wie auch immer, aber ein gutes Ende finden könnte und ich in der Wohnung verbleiben.
Die Heuschrecken-Besitzer-AG wandelte all die Miet-Wohnungen in Eigentum um und die nicht an Mieter verkauften Wohnungen, wurden von einer GmbH aus Norddeutschland erworben.
Vertreten durch einen Hausverwalter vor Ort und ansonsten bestand kein Kontakt. Schnell war ganz klar, worum es ging: Wir sollten alle raus! Der "Geldgeier" hatte sich oben auf dem Dach (symbolisch) platziert.
In den nächsten Monaten lief Regen an den Wänden runter. Es schimmelte immer mehr. Der neue Hausverwalter, den ich nur noch als „Endmieter" übelster Sorte bezeichnen kann, war ein kleiner Mann mit wirklich dickem Bauch.
Immer gereizt und hysterisch in seiner markanten Art. Mit einer recht femininen Stimmlage.
Lügen, Unterstellungen, Drohungen, kurzfristige schriftliche Ankündigungen für Wohnungsbegehungen oder Handwerker und vier Abmahnungen innerhalb weniger Monate, bestimmten den Alltag.
Das Übliche halt. Der wurde wahrscheinlich ausgiebig geschult, um so widerlich zu den brav zahlenden Mietern zu sein. Veranlagung gehört sicher mit dazu!
Man(n) hat Macht und steht über den anderen.
Kompensation von Komplexen - arme Sau.

Und weiß bereits, wer letztlich gewinnen wird - auch gegen den hilfreichen Mieterverein.

Handlager war ein Anwalt, der unter erweitertem Namen (nicht bei der Rechtsanwaltskammer bekannt) vom heimischen Küchentisch seine rechtlich unkorrekten, vorwurfsvollen Gemeinheiten schrieb.

Mit ausreichend finanziellen Mitteln hätte man diese Leute gewiss in die Schranken weisen können.

Eine andere betroffene Mietpartei war 80 Jahre alt und lebte dort über 30!

Auch davor wurde nicht zurück geschreckt.

„Freiwild - zum Abschuss bereit." Das waren wir!

Weder eine Baubehörde, noch ein Ordnungsamt oder die Polizei fühlte sich zuständig.

Nach einem Jahr hatte man mich soweit. Ich zog um.

Finanziell und mental schwer angeschlagen.

Ein sehr mutiger, älterer Nachbar hatte nach dem Stress eine akute Krankheit und auch an mir ging diese Situation nicht spurlos vorüber.

Dass man versucht, Mieter mit Tricks loszuwerden im Sinn der Gewinnmaximierung und der skrupellosen Profitgier, ist verwerflich und inzwischen alltäglich.

Jedoch reicht das anscheinend nicht.

Es wurde sehr persönlich und beleidigend.

Als sollte der ganze Mensch und nicht nur der Mieter, zusätzlich angegriffen und geschädigt werden.

Was ich zu lesen bekam, war der Versuch, mich als haltlose, asoziale Person darzustellen.

Das musste ich erst mal verdauen und dann darüber stehen.

Neues Haus - Mischpoke gratis

Und nun wohne ich seit wenigen Monaten hier.
Und hatte ein bisschen Glück, trotz der Wohnungsnot,
schnell eine bezahlbare Wohnung gefunden zu haben.
Grundsätzlich ist diese gut geschnitten und ich könnte
so einiges aus der Wohnung machen.
Ein wirklich, großer hoher Raum und sehr hell.
Und eine „Küche," die diesen Ausdruck verdient.
Mit Platz zum Kochen und für eine Sitzecke.
Da die Wohnungen hier teuer sind und zudem oft sehr
klein, ist man anscheinend in sofern trickreich gewor-
den, dass mit „Küche" nicht gemeint ist, einen extra
Raum zu haben. Neuerdings steht in diesem einem
Zimmer eine Küchenzeile oder die Fliesen an der
Wand mit Anschlüssen. Das soll dann eine Küche
suggerieren. Und gleich daneben die Nische zum
Schlafen für das Bett. Funktional - wenig optimal.
Man sagte mir, das wäre eine „amerikanische" Küche.
Ach ja, die essen doch so viel fastfood, dieses ganze
Fertigzeugs, die US-people.
Ich möchte mich gesund ernähren und sehr gern wohl
schmeckend. Und nachts nicht noch den Geruch von
Schweinsbraten in der Nase haben.
Für solch eine Wohnung bin ich anscheinend
entschieden zu alt.

Schade, wirklich schade... um diese Wohnung hier.
Jedoch entspricht diese nicht nur annähernd meinen
Vorstellungen von Ruhe! Zu laute Nachbarn mit

Katzenfimmel und einer Lage an Feinstaub jeden Tag in der Wohnung, die mich anekelt.

Man kann fegen und wischen. Wischen und fegen und zusätzlich saugen. Chancenlos, lebt man an einer viel befahrenen Straße in einer Großstadt.

Den Staub in der Wohnung sehe ich symbolisch als „den Dreck", der mich erst mal weiter umgibt.

Bezogen auf die Malaise mit den Wohnungen und Vermietern.

Ein Benutzen von Ohrstöpseln habe ich mir auch angewöhnt. Der Verbrauch ist inzwischen stattlich.

Ich bevorzuge solche aus Silikon und die Formung habe ich beinahe perfektioniert.

Es scheint gelegentlich Stille zu herrschen.

Manchmal merke ich noch nicht einmal mehr, dass noch welche vor dem Gehörgang sind. Erst wenn ich mich wundere, wo der laute Straßenverkehr geblieben ist, wird es bemerkt.

Mein Leben in dieser Wohnung ist auf das Minimale reduziert. Fühle mich wie ein Student auf der Durchreise. Nur das Nötigste und mir wichtige Dinge wurden ausgepackt. Alle von mir so geliebten Bilder stehen an den Wänden. Aber kein einziges hängt irgendwo. Will Dübel und Löcher vermeiden und die Kosten für eine eventuelle Renovierung gering halten.

Das bedeutet für mich auch, immer besser loslassen zu können. Von Besitz, der Vergangenheit und der Gegenwart.

Unwohl fühle ich mich hier nicht - solange der

Fernseher der Nachbarn nicht meine ganze kleine Wohnung komplett erfüllt - sondern "deplatziert".
Ich gehöre weder in dieses Haus und noch viel weniger in diese Gegend.

Und die Vermieter sind auch nicht so unbefleckt und „sauber", wie sie gern zu sein scheinen. Und wohnen zudem mit im Haus. Wahrscheinlich ist es der Schutt aus einer Wohnung im Haus hier, die saniert wird, der bevorzugt ab der Dämmerung und lieber noch im Dunkeln, in schwarzen Tüten verpackt, nebenan im Müll des Nachbarhauses entsorgt wird. Muss sich einiges angesammelt haben, denn der Hausherr hatte gestern sogar am "Tag" eingeworfen. Ich schaute mal. Sehr schwer und hörte sich an wie Reste von zerschlagenen Fliesen. Und richtig! Heute ist ein Fliesenleger im Haus. Das Auto parkt direkt vor der Haustür und die Arbeiter gehen ein und aus.
War doch sehr interessant zu beobachten: Stellte sich an die Zauntür. Den schweren Sack zuerst hinter sich. Schaute konspirativ (erinnerte mich stark an Johnny Englisch - den glücklosen Agenten seiner Majestät.) nach rechts und links. Und als er meinte, nicht beobachtet zu werden, ging es schnellen Schrittes die zehn Meter bis zum Müllcontainer des Nachbargrundstückes. Und flink rein mit dem Sack. Deren große Restmülltonne steht direkt, für jeden zugänglich, an der Straße. Vor wenigen Tagen lagen dort zwei alte Matratzen vor der Mülltonne und auf der Straße. Drängt sich da nicht förmlich ein Gedanke auf?

Der Vorgarten ist reichhaltig bepflanzt und blüht bereits den ganzen Frühling und Sommer durch.

Der Rasen hinter dem Haus dazu hat ein sattes und kräftiges Grün.

Wie gern hatte ich diesen Leuten den Schlauch aus der Hand gerissen bei ihren Bewässerungsorgien ein- bis zweimal pro Tag. In der Phantasie habe ich ihn zumindest unzählige Male zerschnitten. Das zahlen wir alle in der Umlage mit den Nebenkosten.

Seit April hat es nicht mehr geregnet, außer Nieselregen, die Natur leidet und die Bäume haben es auch schwer.

Nicht ein einziges mal haben die sich umgedreht, um mit dem Schlauch die zu erreichenden Bäume mit zu wässern. Nein, nur sie und das ihre.

Eine unverheiratete Tochter muss jeden Abend den Bürgersteig fegen. Macht sie auch immer brav. Kehrt vor der eigenen Tür. Weg nach links und weg nach rechts zu den Nachbarhäusern. Vor die anderen Türen. Das gibt dem Sprichwort wieder einen neuen Bezug.

Auch hier werde ich nicht bleiben.

Schlechte „Strahlungen" mag ich gar nicht mehr.

Und auch nicht solche Menschen, unter deren schmieriger, anbiedernder Freundlichkeit nur Berechnung und Selbstzweck steht. Wie schon erwähnt, ich bekomme mehr mit, als mir lieb ist und ahne, woran ich bin.

Und was man alles nicht erwarten darf.

Wer hier vor allem auszieht, sollte den Flur und Wände, Geländer und Holz...alles was geht, genau fotografieren. Und mit Zeugen dokumentieren! Denn es war inzwischen passiert, dass der normale

Verschleiß in einem Wohnhaus, dem Flur besonders, zu Lasten des Ex-Mieters und einem da gewesenen Umzugs-Unternehmen gehen sollte.
Sehe und höre wirklich mehr, als gut tut.

Ich weiß, laut Buddhismus ist auch Lästern schlecht für das "Karma". Und im nächsten Leben kommt es unter Umständen noch heftiger als in diesem schon.
Sollte also heute zum Ausgleich unbedingt noch eine gute Tat tun. Oder kann man auch Kredit in der Vergangenheit nehmen?

Unter anderem, so vermute ich, würden die Vermieter auch bei zehn Katzen nichts dagegen unternehmen, denn wie zu beobachten, haben diese auch "Leichen im Keller". Und das Interesse an Hilfsdiensten hier und da, auch von dem Paar nebenan, die als gemeinsames Hobby anscheinend den viel und laut laufenden Fernseher und die Katzen haben, scheint größer als faire Wohnbedingungen für andere im Haus, die schon Beschwerden äußerten. Gerade zu dieser Mietpartei.

Nichts ist besser, als vorn raus zum Bürgersteig, direkt oder nahe an der Haustür, zu wohnen!
Es ist eine ganze „Sippe", die teils hier mit im Haus wohnt, nebenan oder räumlich sehr nah. Soziale Kontakte pflegen diese so gut wie nur miteinander.
Auch weitere Beobachtungen werfen Fragen auf.
Vom Monsunregen in den Dauerregen.
So fühle ich mich.

Wer wenig, aber zu viel für die Prozesskostenhilfe verdient, ist wortwörtlich rechtlos.

Es ist ein Tabu und unentschuldbar, aber ich kann inzwischen mehr als gut nachvollziehen, wie ausgeliefert, ohnmächtig und wütend sich Menschen fühlen können. Und irgendwann knallt das Ventil hoch und dann geschehen Dinge, die auch den Betroffenen schwer schädigen.

Bei mir pfeift das Ventil "Arbeitsumstände":
Zu wenig Personal, zu viel Kunden, schmerzende Füße und Akkordarbeit ohne Dank und Anerkennung vom Arbeitgeber.

Und das Gehalt ist immer erst am letzten Tag des Monats auf dem Konto gewesen. Und innerhalb von wenigen Monate dreimal sogar erst am Anfang des nächsten.Wer so geizig auf seinem Geld sitzt, was wir in wirklich schwerer Arbeit erwirtschaften, der kann keinen Respekt vor seinen Angestellten haben. Never!
Das nehme ich sehr bewusst wahr und persönlich.

Zudem neigt die Chefin dazu, auf Anfragen, die ihr unangenehm erscheinen, einfach nicht zu antworten.
Ganz schön mutig bei dem bestehenden Personalmangel. Denn die Fluktuation kann als beträchtlich bezeichnet werden.
Aufhorchen hätte lassen sollen, dass eine Angestellte nach zehn Jahren gegangen ist.
Zwischenzeitlich arbeiten dann die Verbliebenen halt wieder mal für zwei fehlende Kräfte mit.

More storm comin` - Mark Selby – toller song.
Passt zu meiner Situation.

Und hier noch ein paar ältere, hervorragende Musiker: John Mellencamp, Paolo Conte, Zucchero, Bryan Adams, The Rolling Stones… .

Und alles richtige Musik und Töne, erzeugt mit realen Instrumenten.

Viele Musiker, wenn sie weder von den Drogen oder einem exzessiven Lebenswandel vorzeitig getötet werden, scheinen auch im hohen Alter mental noch sehr klar und präsent zu sein. Ich vermute, dass liegt daran, wenn man kreativ und schaffend war und immer noch ist, wird das Gehirn mehr angeregt als beim Durchschnittsmenschen, der meist ausführt was andere oder Vorgaben vorsehen.

Musik ist Leben, Freude und Sinnlichkeit.

Maulig - senil - dement - Schnuten

Wenn meine Generation auch ausgestorben sein wird, wer kennt dann noch Märchen, Sprichwörter und Redewendungen?

Ich bin dankbar und demütig, so ein meist gutes, oft harmloses und faires Leben gelebt zu haben. In einem bis vor wenigen Jahren Staat, der sozial war und indem ich mich als Bürgerin gut behandelt, sowie geschützt fühlte. Das scheint leider vorbei zu sein.

Und es braut sich ein ungutes Gemisch zusammen in der Gesellschaft, was eine sehr unangenehme Atmosphäre schafft, bisher aber ohne Konsequenzen von seitens der Politik bleibt. So etwas hatte man bisher nicht in Deutschland!

Es wird nicht die Frage sein, ob es besser oder schlechter werden wird, sondern wie überhaupt und wahrscheinlich ganz anders, als was man bisher kannte - in diesem Land der gewesenen Dichter und Denker!

Mit zunehmendem Alter scheinen sich auch die negativen Charaktereigenschaften zu verstärken und bei vielen endet das in Rechthaberei und schlechter Laune. Ein auffallender Zuwachs an Kritik, Meckern und Maulen findet statt. Und so gut wie alles ist nur schlecht oder schwer; geht oder funktioniert sowieso nicht; alles ist schon gelebt und bekannt und/oder uninteressant geworden.

Punkt zwei neben Gesprächen über Krankheiten, dem

man im Alter ausweichen sollte.

Den vorzeitig gealterten Griesgramen.

Mag sein, dass dieses Benehmen bereits mit altersbedingten Veränderungen im Gehirn zu erklären ist.

Wenn ich das verheiratete Paar von nebenan so erlebe, das ist es ja nicht, besser gesagt, immer höre, da es extrem hellhörig ist....was mag es bei Herrn B. sein? Charakterschwäche oder erste geistige Ausfälle?

Im "Senium " kann die Senilität schnell näher rücken.

Und im „Alter" ist man laut Medizinern schon ab nur 60 Jahren.

Und damit ich noch ein gescheites Buch zusammen bringe, im Angesicht noch einigermaßen normalen, geistigen Kräften und Gedanken, tue ich dies bewusst kurz vor Sechzig!

Kann doch nicht wissen, was mit mir dann passiert.

Bisschen tut sich da auch schon – und manchmal auch einiges nicht mehr.

Hätte ich die Möglichkeit, würde ich Gesetze erlassen, dass niemand mehr über 60 Jahren ein neues, wichtiges Amt übernehmen darf.

Und ab 70 ein solches abzugeben hat.

Und nur nach eingehender Untersuchung körperlicher und psychischer Art, in dringenden Ausnahmefällen, noch eine weitere Legislaturperiode bleiben dürfte.

Diese Idee würde jedoch in der Praxis kaum funktionieren, da zu viele Sessel fixierte Dauer- und Berufspolitiker Anträge stellen würden.

Was für Chancen sich auf täten für die anderen.
Könnten nach 30 Jahren Kräfte zehrender Politik,
z.B. endlich mal das Studium beenden. Oder „selbst"
eine Doktorarbeit schreiben. Einige bekämen die
Chance, das erste mal überhaupt in diesem Leben,
einem ganz gewöhnlichen Beruf nachzugehen.
Die Erfahrung anders herum zu machen, bevor es zu
spät ist. Ein Zurückgehen, um dann wieder voran zu
kommen. Ich vermute, auch dieser Vorschlag würde
auf immense Ablehnung stoßen. Was gewollt ist, sind
keine Veränderungen, sondern es soll alles so bleiben.
Und jeder bitte da, wo er gerade ist. Mit all seinen
persönlichen Vorteilen.

Bei Mr. Trump scheint das Alter, gepaart mit einem
sehr ausgeprägtem Wesen (Charakter lasse ich lieber -
davon zeigt sich wenig) auch eine Rolle zu spielen.
Angesichts seines merkwürdigen Verhaltens und
Entscheidungen, läge die Vermutung nahe.
Wenn eine Person aus einem Flugzeug steigt und die
für ihn bereit gestellte Limousine direkt am Flugzeug
unten stehend nicht mehr erkennt und vorbei läuft,
dann einen Sicherheitsmitarbeiter nach dem Wagen
fragt und regelmäßig auch in anderen Situationen
desorientiert wirkt, dann ist es höchste Zeit, ein paar
Untersuchungen einzuleiten.
Beunruhigend sind ebenfalls seine politischen Berater
(und angebliche Aufpasser), die meistens selbst alt
oder sehr alt sind. Und gewiss weit über Sechzig. Bis
auf diese paar Frauen, vor allem die eine, die von

„alternativen Fakten" sprach und alle nicht vertrauens-
würdiger erscheinen.

Wir entwickeln uns und bilden uns anscheinend
wieder zurück mit voran schreitendem Alter.

Hin wieder zum Infantilen. Und zu den Windeln im
Greisenalter.

Auch bei unserer Kanzlerin lassen sich leider solche
Verhaltensweisen immer häufiger beobachten.

Sie ist nun auch bereits 64 Jahre. Meint aber für Land,
Leute und Europa unersetzlich zu sein. Alternativlos.

Und möchte laut einer Äußerung ihrerseits im
Sommerinterview in die Geschichtsbücher eingehen,
so als Vermächtnis von ihr: Kanzlerschaft für Europa.

"Flüchtlings – Mutti". Nur das wird bleiben!

Übergeschnappt. Irrational. Realitätsfremd.

Narzisstische Störung. So stand es in mehreren
Zeitungen zu lesen. Da müssen aber schon schwere
Durchblutungsstörungen oder Plaques im Gehirn vor-
liegen, wenn man sich die verheerende Politik der
immer-weiter-so-Kanzlerin-Merkel anschaut.

Diese Kanzlerin hat beständig nur „reagiert" und nie
wirklich regiert. Und zwar dann, wenn sie meinte, ein
Thema wäre gerade tauglich für die Massen und
wichtig nur für Ihr Ansehen und den Machterhalt.

In einer wirklich großen Krise, der einzigen Ihrer
Kanzlerschaft für Deutschland, ab 2015 mit Ankom-
men der Menschenströme über Passau, hat sie bis
heute bitter versagt. Inklusive ihres "Hofstaates" und
den unerträglichen Schoß- und Wachhunden.

Meist vom Typ "Zwergspitz".

Viel Gekläffe und wenig Biss.

Nur kurz erwähnt: Brexit, Griechenland, Flüchtlinge, deutsche Gesellschaft gespalten, andere Länder bis aufs Äußerste vergrätzt... . Gut für Europa?

Was beide, Mr. Trump und Frau Merkel immer mehr verbindet: Entweder wird mit dem Gesichtsausdruck "geschmollt" oder es dominieren die nach vorn gespitzten Lippen, wie es bei kleinen Kinder oft zu beobachten ist. Gepaart mit einem verträumten und naiven Blick in die Ferne.

Entweder sieht man Frau Merkel übermüdet und gestresst mit hängenden Mundwinkeln oder sie zeigt uns Bürgern die nach vorn gespitzten Lippen.

"Die Schnute".

Was soll uns das sagen?

Ein Ersatz für die Stabilität der Raute?

Oder steckt mehr dahinter?

Kanzlerin Merkel kaut Fingernägel.

Sie scheint dauernd unter enormen Druck zu stehen und kaut im Parlament genüsslich an ihren Fingernägeln. Als wäre die Kanzlerin allein und privat. Ungefähr 2017 tauchten erste Fotos einer im Parlament konzentriert an den Nägeln kauenden Kanzlerin auf. Dann immer mehr Bilder von ungepflegten Händen und den dazu gehörenden Fingernägeln. Halt die gerade aktuell vorhandenen Reste.

Ja, das kommt zu der veränderten Mimik auch noch hinzu und sollte doch jeden Menschen beunruhigen, der sich traut, hinzu schauen und die Wirklichkeit zu ertragen. Alle Wähler haben sich blenden und warm „einlullen" lassen. Und schön warm immer weiter so.

Wie andere auch, hielt ich diese Frau Merkel schon nach ihrer ersten Regierungszeit für die größte Mogelpackung und scheinheiligste Kanzlerschaft und die, die Deutschland mit am meisten neben Gerhard Schröders Amtszeit, geschadet haben wird.
Wenige und mutige Menschen werden im Nachhinein analysieren und bezeugen, wie unfähig die Kanzlerin Frau Angela Merkel tatsächlich war.
Dass sie inmitten von Kindern die Zunge heraus streckte, ist peinlich und hat nichts mit "Lockerheit" zu tun! Ja, ja der Zahn der Zeit und das Altern nagen.
Denn man kann sehr vermuten, dass sie sich auch mit Kindern „zeigen muss" aber nicht wirklich mit diesen kann.
Und nur wie eine Fahne im Wind ist.
Zu Lasten von Generationen!
Leider wählen die meisten jenseits der reifen 65 Jahre konservativ und gern - auch im Eigeninteresse der Renten - bisher das merkelsche "Weiterso".
Diese Volksgruppe ist groß und schert sich einen Dreck um die folgenden Generationen.
Die Jungen bräuchten im Sinne der Fairness mehr Stimmanteile bei den Wahlen im Verhältnis zwischen jung und alt. Seitdem mein Sohn erwachsen ist, schenke ich ihm meine Wahlstimme.

Nutzer von Rollatoren sind notorische Drängler

Menschen warten auf den Bus. Oft fällt einer aus oder zwei kommen direkt hinter einander angefahren.

Die Masse geht nun schon mal näher an den Bordstein. Und so schnell, wie es die Gesundheit und die Beine zulassen, „schießen" oder schieben sich die Fahrer von Rollatoren nach vorn. Bereits während der Bremsphase des Busses. Nun ist der normale Einstieg hinten zur einen Hälfte eingeschränkt.

Sind es zwei von den Entlastungsgefährten, dann die ganze Tür. Die Fahrgäste, die aussteigen wollen, kommen nicht so einfach heraus. Die Gasse zum Aussteigen ist schmal. Und muss wieder erweitert werden, indem die alten Herrschaften wieder nach hinten und seitlich schieben müssen, aber nur so viel an Platz freigeben, wie es gerade sein muss.

Das Einsteigen geht aber meist ebenfalls zögerlich, langsam oder überhaupt nicht mehr allein.

Und an den anderen Zugängen sieht es keineswegs besser aus. Die Alten und Lahmen sind immer mit ganz vorn.

Warum müssen die langsamsten Menschen als erste in den Bus und beim Aussteigen auch die Vordersten sein? Die halten doch alle anderen, mobileren Insassen auf. Ich verstehe das nicht.

In den Bussen ist mittig für 3 Gefährte Platz oder maximal 4 Kinderwagen. Die meist jungen Mütter verhalten sich auch so eigenartig und blockieren den Ein- und Ausstieg oder sogar den Laufbereich zum hinteren Busteil. Nicht ganz so forsch und störend wie die Alten, aber auch auffallend.

Zu beobachten ist bei jungen Müttern, dass sie oft nur für eine Station Fahrt einsteigen. Das nicht etwa verständlicher Weise bei Hagel oder Regen, sondern auch an schönen und zusätzlich sehr heißen Tagen. Und ein Kind schreit oder weint immer, sobald der Bus angefahren ist. Ich habe mal gehört, dass Kinder viel frische Luft genießen. Bisschen mehr Farbe im Gesicht schadet auch vielen nicht und erzeugt einen gesünderen Eindruck. Die Zeiten der vornehmen Blässe sind doch vorbei, oder nicht?

Und vorn beim Einstieg sind auch die ersten, die rein wollen, alte Menschen. Und so auch beim Aussteigen. Nicht anders geht es in anderen Verkehrsmitteln zu.

Haben besonders alte Menschen etwa Angst, tatsächlich übersehen und in der Menge vergessen zu werden?

Das geht rein praktisch gar nicht, wenn man im Weg steht.

"Krankheiten" sind meist Altersschwäche

Gäbe es die unzähligen guten Medikamente und Impfungen nicht, würden nicht annähernd so viele Menschen so alt werden, wie es heutzutage der Fall ist.

Da aber nun stets mehr so alt werden, gibt es auch neue Krankheiten und andere treten vermehrt auf.

Die vielen Medikamente im Alter sollten kein Grund zur Beschwerde sein.

Warum reden wir nicht wieder von "Altersschwäche"? Anstatt so zu tun im Sprachgebrauch, als könnten alte Menschen wirklich wieder gesund werden.

Wenn sich ein hoch betagter Mensch bei mir beschwert, wie viele Medikamente er täglich und dauerhaft dazu einnehmen muss, dann habe ich kein Mitleid.

Ich darf es nicht äußern, denke aber:
Viele Pillen schlucken oder schnell tot sein!

Nur noch 22 Sommer - neue Märkte - Jobchancen

Man sollte sich selbst auch nicht so ernst nehmen. Hilft enorm.

Jeder Tag, ohne einmal gelacht zu haben, ist vergeudet. Und langsam wird jeder einzelne immer wichtiger.

Würde ich so alt wie meine Mutter, also 80 dann hätte ich ab jetzt nur noch ca. 22,5 Jahre zu leben.

Es wären nur noch 22 x die Jahreszeiten!!

Ach - gibt es ja kaum noch. Ich kenne diese aus der Kindheit auf dem Lande und der Jugendzeit.

22 x noch mal Sommer und bitte nie wieder so lang so heiß wie in diesem Jahr 2018. Es wird einfach zu anstrengend das dauernde Schwitzen und verringert die Arbeitsleistung und Konzentration enorm.

Der meist milde Winter geht über in einen Frühling, der keiner mehr ist und der startet gleich durch in den Sommer.

Man kann jungen Menschen nur noch schwer begreiflich machen, was Meter hoher Schnee bedeutet, verschneite Straßen. Klirrende Kälte und Frost innen an den Fensterscheiben.

Und das mit Kohleöfen als Heizquelle im Haus.

Ich glaube, mein Sohn war zehn, als er zum ersten Mal in seinem Leben mehrere Zentimeter Schnee begeistert (ca. 15) auf dem Balkon morgens vorfand.

Da alles so weiter gehen soll wie immer für ein

Großteil der Bevölkerung, darf auch der Klimawandel nicht sein. Doch schon, aber nicht vom Menschen verursacht, sondern als "natürliches" Phänomen, welches immer wieder in sehr großen zeitlichen Abständen passiert. Wen das beruhigt, man kann sich das so zurecht und schön reden und diese lächerlichen 100 Jahre, in denen das passiert ist, streichen.

Es gab noch nie so viel Kohlendioxid in der Luft. 400 ppm. Das ist enorm.

Es erscheint wie ein großes Freiluftexperiment mit ungewissem Ausgang, was die Menschheit mit der Erde und der Erwärmung veranstaltet.

Versuche, noch Schlimmeres abzuwenden, sind reine Makulatur. Es wird sehr ungemütlich werden.

Bei jetzt nur 1,5 Grad mehr im Durchschnitt, ächzen und leiden schon die meisten.

Bei 5 Grad mehr - dann ist die Erde für Menschen nicht mehr bewohnbar.

Aber bis dahin werden ganz neue Wirtschaftszweige entstehen und andere wachsen:

Die Klimagerätefertigung für immer mehr bedürftige, schwitzende Menschen, wird enorm expandieren.

Kühlgeräte mit höherer Leistung für den Handel werden gebraucht, z.B. zum Kühlen von Lebensmitteln. Oder mag sein, man kauft wieder gern und lieber vom Markt oder aus heimischer, nahe liegender Produktion. Eis - Crusher für Daheim, so wie in den USA, werden eines Tages Standard in der Küche sein.

Sandsäcke müssen vorsorglich für Hausbesitzer gefüllt und angeboten werden.

Gerade, für die Bewohner an Seen, Flüssen und sonstigen Gewässern macht das Sinn im Eigeninteresse. Eine Investition in die Zukunft!

Auch mobile Stationen mit Wasser für unterwegs werden nötig. Nichts ist schlimmer, als Durst und beginnende Dehydrierung zu verspüren.

Gerade Ältere zeigen bei Wassermangel schnell eine Art der Verwirrung. (Im Pflegeheim: Im Herbst und Winter war die alte Dame auf der Höhe – im heißen Sommer mental leicht neben der Spur.)

„Wasser to go." So könnte es heißen.

Schade, dass ich nicht mehr jung genug sein werde, um so etwas auf die Beine zu stellen! Die Radler für die pralle Sonne werden sich eher nicht so einfach finden lassen. Oder nur die hart gesottenen Sportfans würden freiwillig mitmachen, Mittagstemperaturen von 35-40 Grad aushalten zu wollen auf dem bike. Jedoch genau jene Zeit wäre in Zukunft die Haupt-Verkaufszeit.

Für (besser): „Water to go."

Spricht auch die jungen Menschen so mehr an.

Denn es ist kaum vorstellbar, dass in Deutschland vernünftigerweise eine Siesta wie im Süden Europas eingeführt wird.

Bei uns geht alles weiter wie bisher. Alles andere verwirrt nur noch zusätzlich die apathischen, meist devoten Untertanen.

Die Ausfälle dürften hoch sein im Laufe der Zeit. Und die Lebensversicherungspolicen wegen des enorm hohen Berufsrisikos auch. Aber mit irgendwas müsste man die radelnden Mitarbeiter doch locken. Und die Familienangehörigen wenigstens etwas beruhigen.

Und die vielen neuen „Fachkräfte" aus dem Orient oder Nordafrika können sicher besser mit der Hitze zurecht kommen als die Nord- oder Mitteleuropäer.
Es gibt gewiss noch einige, die auf der Suche nach Arbeit sind oder es bald sein werden?
Nachdem bei einigen die Alphabetisierung gelungen sein wird. Und danach das Deutsche etwas gelernt wurde und für den einfachen Gebrauch vorhanden ist.
Und auch begriffen, dass hier nicht ein Cousin den anderen beim Job ersetzen kann – so nach Lust und Laune und Bedarf.

Aber viel zu weit in die Zukunft phantasiert.
Es zeigt sich, dass ein gewisser Prozentsatz der neuen Einwohner aus dem Orient und Afrika einen schon leidenschaftlich wirkenden Hang zum Messer und Schneiden zu haben scheint. Und solche Werkzeuge sehr gern im Alltag mit sich führen. Sozusagen prophylaktisch - für alle Fälle. Es ist bisher nur ein kleiner und gut überschaubarer Prozentsatz betroffen. Trotzdem wird es dadurch nicht ungefährlicher.
Zeigt sich hiermit eine Prädestination für bestimmte Berufszweige?
Immer noch besser, als wenn weitere und harmlose

Bürger Opfer dieser Leidenschaft werden.

Es gab nun wirklich schon zu viele Verletzte und Tote.

Auch die Machete, der Gürtel und Metallketten werden regelmäßig benutzt.

Ob ein Auftreten in Gruppen und in größerer Anzahl auf eine Teamfähigkeit im Job schließen lassen könnte, muss die Praxis zeigen. Darüber jetzt zu spekulieren, wäre wie der Blick in die Kugel.

Und diese neuen Einwanderer und die eher wenigen tatsächlichen „Flüchtlinge" haben die Wirtschaft weiter belebt seit 2015:

Sämtliche Maßnahmen, die mit Alphabetisierung und Erlernen der deutschen Sprache zusammen hängen; billige Arbeitskräfte, diverse Integrationsmaßnahmen, mehr Konsumenten und Steuerzahler; die Unterkünfte und Wohnungen, die gebaut werden müssen...all das wirkt sich zumindest bei der Wirtschaft bereits bemerkbar, positiv aus. Da geht noch so einiges.

Das Flüchtlingsbusiness als Konjunkturspritze!

So das Handelsblatt.

Ca. 30000 der neuen Mitbürger sollen eine Lehrstelle gefunden haben. Das sind gerade mal 2.1%. Dabei besteht ein Großteil von denen aus jungen Männern. Ein Erfolg oder besser als nichts? Von den ca. 1,4 Millionen "offiziell" Eingewanderten, haben laut Arbeitsagentur mit Stand September 2018, 300000 Menschen einen Job mit Sozialversicherungs-Pflicht gefunden. Das sind gerade mal 21% nach drei Jahren

Aufenthalt. Und "versicherungspflichtig" kann auch bedeuten, dass es eine Art Arbeitsverhältnis kurz über dem Einkommen eines Arbeiters auf 450€ Basis ist. Z.B. 460€. Soll sich laut einem interessanten Bericht eher für die Arbeitgeber rechnen. Sie sparen. Der Arbeiter bekommt knapp über 400€ und durch Abgaben weniger als ein Arbeitnehmer auf 450€ Basis.

Man vertraue keiner Statistik, die man nicht selbst gefälscht hat!

Der plötzliche Einzug von mindestens ca. anderthalb Millionen Menschen innerhalb eines sehr kurzen Zeitraumes (die Zahl derer, die abgetaucht sind und nicht gemeldet, kann nicht ermittelt werden - man rechnet mit mehreren Hunderttausend Menschen) befördert weiter und noch schneller die Spaltung der deutschen Gesellschaft. Außer gut und böse, rechts oder links, scheint es nichts mehr zu geben. Und das gepaart auf beiden Seiten mit Diffamierungen und Wut. Ein bisschen wie Borderline ist das schon. Durch die wahllos gestattete Einreise wird man den wirklich Bedürftigen nicht mehr gerecht. Unter Todesangst in der Heimat gelebt und einige Tausende Kilometer lange Flucht geschafft und dann endlich angekommen. Keine Bomben und Granaten mehr, keine schreienden Frauen und Kinder - endlich ein Dach über dem Kopf und was Warmes zu essen. Ja - diese Menschen brauchen uns zu zuallererst und das zu recht.

Die jedoch, die aus wirtschaftlichen Gründen und mit der Hoffnung auf ein besseres Leben hier in Europa mit auf die Flüchtlingstrecks gesprungen sind, werden unter Umständen trotz negativen Asylbescheides nicht abgeschoben und dürfen wahrscheinlich hier bleiben. Die Meisten derer jedoch ohne jegliche Chancen und Perspektiven.

Gestrandet in Europa. Tausende Kilometer weg von zu Hause. Immer mehr dieser armen Seelen finden sich im Stadtbild. Gelangweilt und die Zeit tot schlagend. Oft betrunken und mit Wodka oder sonstigem Alkohol in der Hand. (Mich macht das so betroffen, dass mich oft so ein Bild tagelang verfolgt.)

Das war der größte Fehler in der neueren deutschen Geschichte, wahllos diese Menschen einreisen zu lassen unter dem Mantel des Asylrechts.

Und oft sind es Bilder, die sich einprägen und das Bewusstsein verändern. So auch das des kleinen ertrunkenen Flüchtlings-Jungen am Strand.
Ich werde auch ein Bild nicht mehr los, wie ein Mann einem männlichen Ferkel ohne Betäubung die Hoden abschneidet. Über das Erbärmliche in der Massentierhaltung hatte ich genügend erfahren. Und bereits bewusster gegessen und wenig Fleisch. Dieses Bild jedoch wird mich wohl zum Vegetarier werden lassen.

Bilder haben inzwischen deutlich mehr Einfluss bei mir als Geschriebenes.

Neue Fachkräfte - Konsum - Visionen - Utopien

Und zudem hat diese neue Bevölkerungsschicht meist recht viele Kinder. Oft nicht besonders belesen oder gebildet und mit dem Glauben streng verhaftet.
„Das" sind die Konsumenten von morgen.
Doch nicht wir Deutschen, die kaum noch Kinder wollen oder nur wenige haben. Und die mit Geburten starken Jahrgänge bis in die Anfang 60iger Jahre
(im August 1961 kam die Pille auf den Markt – ich wurde im Frühling geboren – mal wieder großes Glück gehabt) werden in gar nicht so ferner Zukunft rein biologisch verschwunden sein. Nämlich tot.

Ein kritischer Geist könnte wohl meinen, Merkels Entscheidung hatte auch, wenn nicht sogar vorrangig, mir wirtschaftlichen Interessen zu tun.
Und auch jetzt immer noch und immer weiter immer mehr Menschen einer vollkommen fremden Kultur und Werten, herein gelassen werden sollen - bis zu 200 000/Jahr - eine Großstadt - ist das ein unglaublicher Vorgang und fahrlässig für unsere Heimat. Anscheinend geht diese Gesellschaft auf einen Bürgerkrieg zu. Was in Chemnitz die letzten Tage passierte, war ein kleiner Vorgeschmack auf all die Frustrationen und Verwerfungen in Deutschland.

Und unter den dann Jungen werden viele arme Rentner sein. Wer verdient denn schon, zumindest in der Gegend, in der ich wohne - heißt es meist

Mindestlohn statt einem fairem Gehalt - 2600€/Monat kontinuierlich über Jahrzehnte, um auf eine lächerliche "Mindestrente" zu kommen, die nicht aufgestockt werden muss?

Wir reden da von um die gut 800€ gegenwärtig.

Davon gehen die Krankenkassenbeiträge noch runter.

Mädels! Bitte! Lasst die Finger von den Euch arm machenden Ausbeuter-Berufen. Wie auch PKA und PTA es sind. Ihr kommt zu nichts im Leben und geht im Alter direkt und sicher in die Armut!

Es gibt schon jetzt viel zu viel Armut. Und das auch unter Menschen, die ihr Leben lang gearbeitet haben. Sehe ich einen alten Menschen im Abfallkorb nach Pfandflaschen suchen, kann mich so ein Bild noch Tage verfolgen. Oder ein bettelnder Obdachloser, der von niemanden nur einen Cent bekommt, weil sich anscheinend alle nur noch vor ihm ekeln. Und wünschen, er möge nur schnell weitergehen.

Und sollten, was leider sehr stark zu erwarten ist, nicht alle der einst erhofften „Fachkräfte" in Arbeit kommen (man muss nicht böse sein im Geiste – so viele gebildete Menschen sind nicht darunter), dann zahlt der Staat den Unterhalt. Und dieses Geld fließt über die Wirtschaft und die Steuern zu einem großen Teil wieder in die Staatskasse.

Die Hoffnung, die manch Optimist hat, mit den neuen Mitmenschen eventuell gerade im Pflegebereich Entlastung zu schaffen, habe ich nicht. Ich kann mir keinen Afghanen vorstellen, der gern einen weiblichen Hintern abputzt. Und schon gar nicht mit der rechten Hand.

Und auch ich habe in meinem Leben wie die meisten
Menschen viel gearbeitet.
Und jenseits der Apotheken das Doppelte verdient.
Früher war das möglich. Auch ohne Studium.

Mangelberufe - bis nichts mehr geht

Nun muss man erwähnen, das wissen viele Menschen nicht und glauben es noch weniger, dass die Rahmen-Tarifgehälter für nicht akademisches Fachpersonal wie es PKA und PTA sind, beschämend niedrig ausfallen.
Die niedrigsten mit von allen Tarifverträgen im Land.
Außerdem sind das so typische Frauenberufe.
All diese nicht akademischen Frauen in Apotheken, werden im Alter arm sein! Mädels, Finger weg bitte!
Und es ist bekannt, dass Frauen sowieso einiges weniger verdienen im selben Beruf als Männer.
Die Apotheker sind da einfach nur noch etwas dreister und knauserig waren sie schon immer.
Und inzwischen gehört mein erlernter Beruf wirklich zu einem Mangelberuf!
Und nun 2018 bereits 50 Jahre alt - der Beruf PTA.
Und nun erzeugt der Mangel an Fachkräften in den Apotheken für einen ersten Druck. Und ich konnte es kaum fassen, zu lesen, dass es bereits Angebote mit „übertariflicher Bezahlung" gibt.
Auch 10% mehr ist für eine wirkliche Fachkraft immer noch viel zu wenig.

Nicht ganz ernst gemeint, bewarb ich mich letztens auf zwei Annoncen mit den Wünschen: Übertarifliche Bezahlung und eine vorhandene, funktionierende Klimaanlage, die auch angestellt wird.
Es kam keine Antwort.

Also könnte man sich freuen, denn auch mit 65 werde ich wohl noch eine Anstellung finden, wenn sich mein Körper bis dahin nicht verweigert.
Mit Zipperlein und Wehwechen.

Es arbeiten die verbliebenen Mitarbeiter immer mehr. Und das hoch konzentriert, weil ja nichts Falsches abgegeben werden darf. Und da, wo ich arbeite, ist Akkordarbeit angesagt.
Und der Kunde drängt gnadenlos nach.
Früher, ich erinnere mich noch an meinen Vater, der immer von Schlecht-Wettergeld sprach und Akkord-Zuschläge bekam. So was in der Art böte sich an als Motivation, bei 37 Grad Außentemperatur und in der Apotheke immer noch so heiß, dass der Schweiß läuft und die Konzentration und Leistungsfähigkeit enorm nachlassen. Im Gegensatz zu einst, könnte man das heute den Gut-Wetter-Zuschlag nennen. Eine Hitze-Zulage sozusagen.
Eine Klimaanlage in einer Apotheke vorzufinden, heißt nicht automatisch bei angenehmen 22 oder 23 Grad Celsius arbeiten zu können.
Es gibt so Umstände, die diesen Luxus jäh verhindern können:
Die Kapazität reicht nicht aus für die Größe der Apotheke. Die Tür ins Ärztehaus steht ständig offen.
Sehr schlanke, ja schon an der Grenze zum Unterwicht grenzende Kolleginnen, „frieren" (und das bei 27 Grad und mehr). Der Chef, die Chefin ist ein absoluter Sommertyp und möchte außerdem gern

Strom sparen.

Auch dann kommt man selten in den Genuss einer wohltuenden Brise von oben.

Ich hatte 2003 und während des heißen Sommers während der WM 2006, später auch Sommermärchen genannt, in einer Apotheke gearbeitet, in der trotz Durchzug ständig 30 Grad waren.

Die Lage war sowieso schon sehr zentral und gut besucht von Kunden.

Nein, es musste ständig die Tür aufstehen, damit angeblich noch mehr Kunden herein kämen.

Das ist über zehn Jahre her. Heutzutage wäre ich dazu körperlich und mental nicht mehr in der Lage.

Im Nachhinein sehe ich das als Körperverletzung an.

Diese gut gehende Apotheke wurde dann aus Geldgier des Chefs geschlossen. Hatte sich wohl etwas verzockt und wurde auffällig.

Ich bekomme noch heute einige Hundert Euro von ihm.

Die Vorgabe ist, dass Medikamente nicht über

25 Grad gelagert werden dürfen. Bei einfachen ist das noch nicht so gravierend, aber bei Antibiotika...da habe ich doch ernste Bedenken.

Ich erlaube mir eine Empfehlung:

Wenn Sie in eine Apotheke gehen und sie fangen an zu schwitzen und das passiert mehrmals, dann suchen Sie sich bitte eine andere. Ist nur in Ihrem eigenen Interesse. Erstaunlich ist ebenfalls, dass bei diesen Extremtemperaturen der Gesetzgeber Klimaanlagen in Apotheken noch nicht für verpflichtend erklärt hat.

Aber wir wissen doch alle, bei den Apothekern und den Ärzten wird auch das dritte Auge, das Hühnerauge, noch mit zugedrückt.
Haben halt gute und viele Lobbyisten im und rund um das Regierungsviertel.

Ganz akut dieser Tage. Einige von Ihnen als Leser werden selbst betroffen gewesen sein: Valsartan.
Verunreinigt bei der Herstellung, um Kosten zu sparen. Es sind nur noch 2-3 Firmen, die das nicht betrifft. Dadurch entstehen Lieferengpässe, die es sowieso immer häufiger gibt.
Damit trat aber auch ins Bewusstsein, dass die hier immer noch recht teuer verkauften Arzneimittel, hauptsächlich in China und Indien in wenigen Firmen produziert werden. Egal, ob Hexal oder Ratio oder Originalanbieter. Es wird hier schon längst nicht mehr produziert.Was das z.B. für Indien bedeutet, vor allem für die Umwelt, mein Gott, wenn es den gäbe, würde ich ihn anrufen, nun endlich mal einzugreifen.
Abwässer der Antibiotika Herstellung landen schlecht oder ungefiltert in kleinen Flüssen und Bächen.
Oft nur Rinnsale oder erzeugt durch die Abwässer aus einer chemisch-pharmazeutischen Fabrik!
Nahe an Wohngebieten. Wen kümmert es dort und hier? Über Anwachsen der gefürchteten Resistenzen braucht sich niemand mehr zu wundern. Dafür sorgt die Herstellung dort, die Ärzte hier durch zu großzügige Verordnung und die mangelnde Hygiene in deutschen Krankenhäusern.

Und mit den neuen "Fachkräften", Armutsflüchtlingen und wirklichen, gibt es wieder eine Tuberkuloseart, die auf kein Medikament mehr reagiert.

Offen, hoch ansteckend, da kann man diese Menschen nur noch geschlossen halten.

Wenn ich einen Tuberkulose-Patienten vor mir habe, hoffe ich immer, dass er nicht hustet.

Ist nur so ein unangenehmes Gefühl.

Geht mir jedoch auch so bei Kunden, die eine Streptokokken oder Staphylokokken Infektion der Haut haben. Komischerweise jetzt schon bei kleinen Kindern auftretend.

Und so viele Patienten mit Krätze wie seit 2015 habe ich die ganzen langen Berufsjahre nicht gesehen

Auch Deutsche darunter.

Da ein Handschlag ausreichen kann, desinfiziere ich gern und gründlich.

Es macht nur noch wenig Spaß, sich mit Krankheiten, Medikamenten und Befindlichkeiten befassen zu müssen. Wenn es denn Freude macht, sind das diese dankbaren, wirklich netten Kunden und noch „normal" wirkenden Menschen, die den Ausgleich bringen.

Gebildete Alte gehen - mehr Dumme entstehen

Und so nah an der menschlichen Basis, kann man auch die Veränderungen in unserer Gesellschaft sehr gut beobachten.

Dass generell das Benehmen nachlässt, und die ungewollte Zahnbeschau eindeutig zunimmt durch Kauen mit offenem Mund und gleichzeitigem Reden.

Ein Handy-Gespräch wird während einer Beratung nicht abgebrochen. Oder erst mittendrin begonnen.

Seit es die Smartphones gibt, kommen immer mehr, die aus dem Internet einem was zeigen, was sie haben wollen. Aber alles allein durchlesen , ist auch nicht.

Dass Touristen kein Deutsch können, ist verständlich. Dass aber so viele, die hier lange leben, nicht in der Lage sind, sich vernünftig auszudrücken, was sie wollen, das ist erbärmlich und sollte aufhorchen lassen.

Integriert ohne oder mit kaum Sprachkenntnissen? Geht das überhaupt?

Aber die Apothekerschaft passt sich an, wenn sich denn Personal finden lässt...Englisch sowieso, aber auch gern Russisch oder Arabisch sprechend, wird gewünscht.

Unverschämtheiten wegen Rabattverträgen, die Gebühren der Zuzahlung oder Wünsche ohne Rezept sind alltäglich geworden. Beleidigungen, Unterstellungen bis hin, zu man würde lügen, auf all das muss man gefasst sein.

Leider wirken auch immer mehr, gerade viele der jungen Mitmenschen, eher schlicht im Gemüte und wenig gebildet. Das "Pseudo-Deutsch" ist wie eine neue Sprache, die die reichhaltige deutsche ersetzt und rudimentär verkürzt. Aber es scheint zu reichen.

25% der Schüler mit MSA sind überhaupt nicht fähig, eine Ausbildung anzufangen. 25% nur bedingt mit spezieller Betreuung und Förderung. Wegen enormen Defiziten. Es mangelt an einfachsten Grundlagen.

Die Hälfte der jungen Polizeischüler im Mittleren Dienst der Hauptstadt Deutschlands werden in Deutsch mit 6 benotet. Die Einstellungskriterien werden immer weiter gesenkt. Das ist katastrophal!

Wie sollen so Gesetze verstanden werden?

Es mangelt bei vielen zudem an den einfachsten Regeln des Benehmens und des Umgangs.

Respekt vor Älteren oder Ausbildern? Was ist das? Nichts - was viele kennen. Was soll das "eh Alter"?

Was erwarten diese speziellen, sich selbst weit überschätzenden "Goldstücke" der Migration und zusätzlichen, unkontrollierten Einwanderung seit 2015, wenn man selbst kaum was gibt? Oder zu bieten hat für andere und die Gemeinschaft. Außer fremde, kulturelle Universen und Parallelwelten im Gastland.

Einige fordern aber für sich mit Gewalt "Respekt" ein. Wofür bitte eigentlich?

Direkt gegenüber scheint im Haus ein Rauchverbot zu bestehen. Oder alle Raucher sind außergewöhnliche und vorbildliche Süchtige.

Abends sind vier verschiedene Menschen zu verschiedenen Zeiten direkt vor der Haustür. Am auffälligsten ist ein junges Pärchen so um Zwanzig.

Mehrmals am Abend öffnet sich die Haustür, die beiden treten zwei Schritte heraus und setzen sich dann direkt sofort auf den Haustritt. Kein Lachen kann beobachtet werden, keine Berührung. Sie scheint viel zu reden, bedient das handy dabei und raucht.
Er ist groß und schlaksig und wirkt zurückhaltend.
Da frage ich mich, als älterer Mensch, warum sie sich nicht mal bewegen? Oder einen Spaziergang machen? Noch nicht einmal die fünf Meter bis zum Bordstein sind drin. Seine Figur wirkt normal. Ihre nicht mehr.

Leider großer Sprung.
Den meisten Kunden ist alles immer zuerst zu teuer.
Dabei sind wir schon recht günstig. Je nach Angebot.
Kostet es hier 2€, gab es dasselbe sicher in einer anderen Apotheke für 1,50€. Ob man nicht einen Rabatt geben könne?
Wer für 50€ kauft, erwartet aber noch eine gefüllte Überraschungstüte dazu.
Oder bei einer Kosmetikbestellung für 20€ sollten doch gleich noch Proben mit geordert werden.
Man wird hinterm Tresen als "verfügbar" betrachtet. Immer zu Diensten. Sofort verfügbar sein zu müssen; immer nett und freundlich, den letzten geistigen Auswurf zum wiederholten Male geduldig anhören .
Eine Zone der Diskretion gibt es kaum.
Hier geht es nicht um Diskretion, sondern um Umsatz.
Wovon die Akkordarbeiter, also wir, nicht profitieren.

Aber alles ist gut. Wir schaffen das (bald nicht mehr).

Krallen und dicke Lippen

Aber, was fast alle Frauen und Mädels haben, sind falsche „Krallen", die man oft kaum noch als Fingernägel bezeichnen kann.

Kunstgebilde. Künstlich! Aber keine Kunst!

Und Wimpern, die nur mit drei Lagen Kunsthaar so sensationell lang und besonders voluminös produziert werden können.

So richtig im Kommen und anscheinend sehr beliebt, sind diese Schlauchboot-Kunst-Aufspritz-Lippen.

Grotesk und deformiert sehen viele aus.

Frisch gespritzt sind diese zusätzlich noch dazu angeschwollen. Gelegentlich lassen sich die Einstichstellen noch bewundern. Einst ließen sich ältere Damen die Lippen aufpolstern, um diese typischen Altersfalten um den Mund zu kaschieren und um der Schmallippigkeit erst einmal noch zu entgehen.

Jetzt scheint die "Monsterlippe" Mode zu werden.

Wer schon mal eine Sexpuppe mit offen stehendem Mund und Megalolippen gesehen oder besessen hat, der/die weiß genau, was ich meine.

Manche bringen den Mund nicht mehr so einfach und richtig zu. Und was von der Seite dominiert, ist nicht etwa wie zu erwarten wäre, das Kinn oder die Nase.

Nein, es ist diese extrem Wölbung des Mundes.

Falsche Wimpern sind auch wieder so was von in und im Kommen, aber bitte gleich mehrere Lagen.

Man muss sich beherrschen und aufpassen, dass ein gewisser Anteil der Kunden einen nicht zum Zyniker werden lässt.

Wir, einige wenige Kollegen und ich, reden und lachen oft. So rein zur seelischen Hygiene.

Es ist erstaunlich, zu beobachten, wie desinteressiert Akademiker gegenüber der Politik und der Gesellschaft sein können und über welche Banalitäten des Lebens meist geredet wird. Der Rest scheint ausgeblendet oder leben die wo ganz anders?

Familie, Freunde & Co. im Alter

Es gibt diesen Satz, wenn man im ganzen Leben fünf Freunde gehabt hat, so wären das viel gewesen. Ich liege in meiner Bilanz noch darunter. Aber auch ich hatte Menschen, auf die ich mich nicht ein Leben lang, aber lange Zeit verlassen konnte. Und man akzeptiert wurde, sich verstand und auch sehr mochte.
Und das beruhte auf Gegenseitigkeit und gab ein gutes Gefühl.
Ist schon einige Zeit her. Und da ich meine Wohnorte wechselte im Leben, blieben auch keine Schul- oder Lebensfreunde.
Und wer sich sehr verändert, so weit es durch Charakter und Prägungen gerade eben so geht, lässt Menschen auch verwundert zurück.

Familie ist das, was sich nicht so einfach zurück lassen lässt. Sind Mitglieder persönlich nicht mehr anwesend oder miteinander im Kontakt, so bleibt doch all das, was erlebt wurde in der Erinnerung. Als freudige Kindheitsgeschichten oder auch als (tief) verletzende Momente und Umstände für das weitere Leben.
Diese Familienkonstellation setzt sich oft ein Leben lang fort: Wer auf wen neidisch ist. Was wieder alte negative Gefühle und/oder sogar Wut hervor rufen kann. Wenn man sich eigentlich als Geschwister nie besonders mochte. Um die Gunst der Eltern buhlen musste. Bildung von Fronten innerhalb der Familie.

Die großen Probleme entstehen eben gerade und überhaupt in der Familie. Diese ist die erste soziale Gemeinschaft, die ein Mensch erlebt.

Meist sind es nur Neurosen, auch "Macken" genannt, die hin und wieder im weiteren Leben stören.

Oft - bei schwereren Verletzungen an Körper und Seele ist der Lebensweg schon enorm beeinträchtigt. Nur sehr starke Menschen schaffen das dennoch. Gelegentlich wiegen diese Erfahrungen und Verletzungen tiefer und stören das Erwachsenen-Leben. In Extremfällen geht das einstige Kind als gestörter Mensch in die Welt, der sich mehr als schwer tut mit einem ganz normalen Weg im Beruf, Partnerschaft und Familie.

Und immer wieder kann es passieren, dass alte Konflikte wieder aufbrechen und von einem oder mehreren Beteiligten nicht sachlich, sondern rein emotional ausgetragen werden. Und das bedeutet, auch unterhalb der Gürtellinie mit alt bekannten Mustern und Verletzungen. Nach dem Motto: Was ich Dir seit 60 Jahren immer schon mal sagen wollte!

So wie früher - als sei keine Zeit vergangen.

Zeittunnel und Endlosschleife.

Das Einzige, was dagegen helfen würde und einen schützen, wäre die Einstellung von Gesprächen und Themen (aber dann bliebe ja nichts mehr übrig) oder der Rückzug.

Und immer noch mal schön sacken lassen, damit es zu keinen Fehlentscheidungen kommt.

Deutsche Frauen nach den Wechseljahren

Mir ist aber auch mein Äußeres noch wichtig oder sogar wichtiger als je.

Ich mag es, gepflegt zu erscheinen. Mich in schönen Sommerkleidern zu wissen. Sich im Spiegel noch über das Ebenbild freuen zu können.

Verstehen kann ich überhaupt nicht, wie in unserem Deutschland Frauen nach den Wechseljahren anscheinend ihre Weiblichkeit regelrecht ablegen und verdrängen. Angefangen mit Grau-Kurzhaar wie der Gatte. Von hinten tatsächlich nicht und von vorn auch nur schwer zu unterscheiden, wer Mann oder Frau ist. Und oft – leider – auch extrem dick.

So „Muttchen halt", wie mir ein frustrierter Mann Mitte Fünfzig sagte, der auf Partnersuche war.

Die Kleidung ist mehr als nur neutral, was Geschlecht und Farben betrifft. Ein kleines Unterscheidungs-Merkmal gibt es erfreulicherweise doch bei den optischen Extremfällen: Die Männer aller Altersgruppen tragen im Sommer gern Sandale mit Socken. Viele Frauen auch. Aber so eine Art Gesundheits-Sandale mit geformter, gesunder Laufsohlen und nur wenigen Lederriemen, die sich an den Knöcheln und dem Hacken befinden. Flexibel verstellbar per Klettverschluss. Beim Ballen- oder Hammerzeh ist das absolut zu verstehen, aber viele Füße wirken noch so normal und trotzdem werden diese Alters-Latschen gern und recht früh getragen.

Heute musste der Bus scharf bremsen. Ich berührte leider eine andere Frau und als ich fragte, ob ich ihr weh getan hätte, erfuhr ich, dass ihre Wirbelsäule nicht mehr in Ordnung ist und sie mit der Hand, auf die ich viel, nicht mehr so gut greifen kann. Und mit Trolli für die Lebensmittel nur einen Stock nutzen kann. Warum?

Ich hatte vor nicht langer Zeit das Vergnügen, mal wieder ein bisschen Einblicke in eine ganz andere Kultur zu bekommen. In eine persische Familie.
Ich möchte erwähnen, es sind gebildete Menschen.

Unglaublich, wie die Frauen bis in das hohe Alter gepflegt und weiblich sind. Manche hatte ich als regelrecht schön empfunden – unabhängig vom Alter.
Man gehe nur mal in andere westeuropäische Städte, das sind die Frauen auch im Alter noch Frau und weiblich und gepflegt. Warum ist das nur bei uns so eher selten? Oder besser - eher die Minderheit.

Kinder groß, Ehe hinter sich oder noch mittendrin (bis dass der Tod uns scheidet), aktives Sexualleben auch schon lange vorbei oder vorzeitig freiwillig eingestellt. Muss dann gleich die ganze, verbleibende Weiblichkeit verleugnet werden?
Ich bleibe doch Frau bis zum Tod.
Das würde ja bedeuten, dass vorher alles nur ein Schauspiel war, um einen Mann und Ernährer für die Kinder zu finden?

Ich lasse das mal als Frage so stehen.

Das liegt in der Familie, aber auch ich werde (noch) jünger geschätzt. Sicher auch mit wegen meiner immer noch offenen, frischen Art.
Fakt ist jedoch, ich gehe stramm auf 60 Jahre zu.
Wenn mir das in schwierigen jungen Jahren jemand prophezeit hätte, dann wäre das jenseits jeder Vorstellungskraft gewesen.
Da ich heute gern und intensiv lebe, bin ich sehr neugierig, was noch alles so passieren kann und wird.
Leider gibt es eher wenige, die das auch so sehen in meiner jetzigen, fort geschrittenen Altersgruppe.
Viele sind durch mit dem Leben und den Erlebnissen schon um die Fünfzig und fühlen sich wirklich alt.
Oder machen sich vorzeitig alt durch dieses Gerede über Krankheiten (ich bin auch krank und angeschlagen - das ist aber nur "ein Teil" meines Lebens) und wie anstrengend das Leben ist.
Das stimmt übrigens meistens.
Oder trauen sich nicht, erneut Risiken einzugehen.
Die Liebe ist solch ein unberechenbares Risiko.

Die Entdeckung des ersten grauen Haares

Ein männlicher Verwandter, wenn auch sehr geschätzt, stand mit fast 60 Jahren hinter mir und sagte freudig, er hätte ein graues Haar gesehen auf meinem Kopf.
Ich war damals 47 Jahre alt. So war es wirklich. Das erste graue Haar. Nun würde auch ich langsam alt werden. Es sollten bis heute innerhalb von zehn Jahren noch viel mehr folgen. Wenn auch langsam fortschreitend, so wusste ich wirklich nicht, dass die Haare überall am Körper grau werden! Das war ein Schock und ich komme bis heute nicht damit klar in einer gewissen Körperregion. Bisher waren auch die Herren noch nicht komplett ergraut. Es könnte für mich zu einem erheblichen Problem werden und dann heißen: Rasieren oder färben. Idealerweise beide Hauptflächen. "Unten" müsste die Prozedur auf jeden Fall sein. (Unter anderem eine "Marotte" von mir.) Die Rasur wäre zu bevorzugen und praktikabler.
Auf dem Kopf habe ich mich nicht für das gern genommene Blond-Graublond-Hell in Strähnchen-optik entschieden, sondern für das genaue Gegenteil.
Ich färbe so schwarz, wie meine Sicht der Dinge und der Humor gelegentlich sein können.
Hätte ich früher schon gewusst, wie gut mir das steht, dann wäre ich schon in jungen Jahren als Schwarz-haarige unterwegs gewesen und nicht mit der Straßenköter-Farbe oder dem Eigelb-Blond.
Jedoch wird eines Tages alles darunter grau sein und der "Balken" kurz nach dem Färben schon wieder sichtbar. Was dann?

Gestern sah ich eine junge Frau mit einer wirklich interessanten Haarfarbe. Es könnte auch einer Perücke gewesen sein. Silber-Grau, partiell mit einem leichten Blaustich. Sehr markant und auffallend.
Würde sicher gut zu meinen Augen passen.
Mit dem freundlichen Entdecken des ersten grauen Haares durch einen aufmerksamen Verwandten, wurde auch meine Sehkraft schnell und auffallend schlecht.
Ich glaube, dass beides rein gar nichts mit einander zu tun hatte. Ohne Lesebrille heute mit mir in ein Lokal zu gehen, verdirbt mir selbst, jedoch den anderen Menschen noch mehr, die Laune.
Wie blind bin ich bereits geworden? Hat sich aber auf erfreuliche 2,5 Dioptrien eingependelt.

Jener Verwandte war es auch, der mir so nebenbei beim Autofahren sagte: "Bei Dir ist der Lack ja auch ab!"By the way - der Mann ist 13 Jahre älter.
Da war ich gerade mal so um die 50 Jahre.
Und fand noch locker mal eine Affäre.
Ehrlicherweise, vor einem Jahr auch noch. Derzeit bin ich desinteressiert und eher in einer trägen Phase.
Oder komme ich mir langsam lächerlich vor?
Diese Erlebnisse bekräftigen nur meine Meinung, dass die Alternden sich gegenseitig nichts mehr gönnen und gern darauf hinweisen, dass auch der Mitmensch beginnt, zu "verfallen".
Diese Art von Hinweisen, Belehrungen und Zurecht-weisungen findet man jedoch in jeder Altersgruppe in Deutschland. Zu allen Themen.

Schnell ist das eigentliche Thema vergessen und beendet und der Nebenschauplatz eröffnet: Man lese nur in diversen Foren und auf Plattformen, wie sich über was und von wem "ausgetauscht" wird.

Die letzte Stufe der sogenannten, modernen Kommunikation ist die Eskalation mit Beleidigungen und verbalen Ausfällen.

Auch im täglichen Leben passiert das ständig.

Direkt oder indirekt. Erlebt, da sprach eine Mutter zu ihrem circa 10 Jahre alten Jungen in der "dritten" Person abfällig über eine gebrechliche alte Dame neben ihnen, weil diese vorher den Jungen gebeten hatte aufzustehen und sitzen zu dürfen im Bus.

Ein Busfahrer ärgerte sich wohl über mich. Und ich stehe direkt noch hinter ihm und höre das.

Ich fragte, ob er mich meine? Ich wusste es sowieso.

In der Apotheke gibt es folglich auch stets wieder Belehrung und Besserwisser. Kunden scheinen sich vorab informiert zu haben, aber nur halb und wenn diese dann anfänglich auch noch falsch dozieren und danach erwarten, man möge doch fortfahren, damit sie den Menschen hinterm Tresen erneut belehren können, so ist ein mentaler und verbaler Rückzug besser. Wer meint, mit "Aspirin"-Bädern seine Haut statt mit Salicylsäure geschmeidig zu machen - dann los. Und diese Litanei oft nur, um dann im Internet besser suchen und günstiger im Preis bestellen zu können. Also, ist dieses bereits Punkt 3, der dazu kommt, was ich nicht mehr leiden kann: Das sich gegenseitig herunter ziehen und und belehren.

Alternativer Umgang mit dem Altern

Es wollte bisher erst einmal ein Mädchen, eine junge Frau für mich aufstehen und mir den Platz anbieten.

War es, weil ich so bepackt war oder weil diese mich für „alt" hielt?

„Bepackt" sein zieht sich durch mein ganzes Leben. Eigentlich dachte ich, wenn das Kind groß ist und dann spätestens, wenn es aus dem Haus ist, würde das mal ein Ende nehmen. Aber das ist nicht so.

Außer der Handtasche – irgendwas trage ich immer noch mit herum im Beutel.

Oder in beiden Händen.

Von jüngeren Menschen, mit denen ich meist besser zurecht komme als mit Gleichaltrigen, habe ich bisher nicht einmal irgendwas in Richtung Alter oder Diskriminierung oder ähnliches erlebt oder gehört.

Es sind die Alten selbst, die sich gegenseitig runter ziehen mit ihrem Gerede über Krankheiten. Dieser frustrierte Gesichtsausdruck dazu mit Hinweis auf das Altern, das ist gewiss kein Vergnügen. So im Sinne einer Solidarität, die es kaum gibt.

Im Alter, gerade wenn man Kinder hat, bekommt man nach der „Aufzucht" noch einmal im Leben eine relative Freiheit zurück.

Am Anfang ist das schwer und ungewohnt, wieder allein zu leben, das Kind in einer anderen Stadt zum Studium zu wissen, aber ich habe irgendwann diese Freiheit für eine gewisse Zeit ausgekostet.

Gerade wenn man ohne Partner ist und allein

erziehend war, könnte man sich doch noch mal verlieben. Soll ja angeblich immer möglich sein.
Und die Sexualität, gehabt zeitlebens, geht nicht mit der Alterszahl einfach so weg.
Leider hatte ich bisher nicht das Glück.
Traf nur diese ängstlichen Männer, die ihre Wunden nicht geheilt hatten und für die außer Sex alles andere mit einer Frau zu anstrengend geworden war.
Nun muss man ja auch sagen dürfen, dass manche Frauen wirklich nicht so leicht zu ertragen sind. Bei dem hohlen Dampfgeplauder, was man immer wieder mit verfolgen kann. Und für Männer, die es kurz, exakt und präzise mögen, kann das ganz schön anstrengend werden.
Und ich traf Frauen, die oft ihr Leben lang mit Männern zusammen waren oder immer auf der Suche nach einem neuen, aber meist jenseits der Fünfzig kein gutes Haar mehr an den Herren ließen. Im Grunde genommen, sehr unfair. Das verstehe einer?
Ich gebe mein Leben und oft mich selbst teilweise auf für einen Mann, eine Ehe, Kinder und sage hinterher: Nie wieder.
Das kann man nur eine schlechte Planung nennen.

Obwohl ich sehr kommunikativ bin und offen auch für neue Kontakte, scheine ich mich mit zunehmendem Alter und Erkenntnissen zur "Einzelgängerin" zu entwickeln. Nicht, dass ich das bewusst will, jedoch erscheinen mir zunehmend Kontakte und Gespräche zu banal.

Und so nebensächlich. Ich brauche auch keine "gute" oder "beste" Freundin mehr.

Sondern Menschen, die mehr als von A nach B und höchstens noch nach C denken und überschauen. Einerseits aus Faulheit, Dummheit, Ignoranz oder um die geschaffene Schein-Idylle nicht zu zerstören.

Ja. Es ist schwer, wenn mal viel und oft zu viel mitbekommt. Stets mehr Dinge, die früher selbstverständlich schienen, werden mit jedem Lebensjahr fraglich und hinterfragt. Dazu noch der Klimawandel, die Politik, die Überbevölkerung und all diese Dinge, die täglich passieren und aufhorchen lassen sollten.

Man muss nicht isoliert sein. Es gibt in hier in der Stadt so viele Möglichkeiten, auf Menschen zu treffen und sich zu engagieren. Aber auch mit den besten Absichten trifft man auch in Vereinen oder Ehrenämtern meist ältere Menschen, die genau so sind, wie es mir "noch nicht" bekommt. Und wie ich nicht werden möchte. Hatte ich bei einer großen Organisation ausprobiert und keine Lust, mich als fast 60 Jährige von einer 80 Jährigen wegen zwei halben Brötchen dumm ansprechen zu lassen. Ich bediente ehrenamtlich die essenden Menschen und sollte hungrig bleiben?

Da gab es noch viel mehr. Ich will daran nicht zurück denken.

Es wäre an der Zeit, sich politisch zu engagieren und zivilen Widerstand zu leisten, weil dieses einst schöne Land sonst zerfällt in politische Gruppen und monetäre Interessen.

Aber es gibt keine Partei, die meine Ansichten nur annähernd vertritt. In gewissen Bereichen denke ich konservativ. Dann bin ich wieder modern und weltoffen. Dogmen mag ich überhaupt nicht und den Alleinstellungsanspruch, irgendeine Partei oder Institution oder Person habe "Recht" oder kenne die Wahrheit. Fünf Menschen - fünf Meinungen.

Das Gute und Sinnvolle liegt meist in der Mitte.

Also bin ich für eine Partei ungeeignet.

Mir wäre dieses sich über Jahre hoch dienen müssen in Orts-, Kreis- und Landesverbänden ein Gräuel. Als "Parteisoldat" ungeeignet, könnte ich meine eventuell vorhandenen, konträren Meinungen nicht immer verstecken.

Ich bin jetzt in einem Alter, indem ich schon eine Ersatz-Oma sein könnte. Werden viel gesucht zur Hilfe und Entlastung von Familien oder auch allein Erziehenden. Und wenn es eine ganz positive Entwicklung nähme, hätte man so einen netten Familienzuwachs. Mit uns und den damaligen Ersatz-Großeltern war das so.

Ich habe begonnen, noch eine von mir sehr geschätzte Fremdsprache zu lernen. Weil ich fließend Englisch rede und auch in der Sprache berate und verkaufe, vermutete ich, mir würde das Lernen einer Sprache immer noch leicht fallen.

Da hatte ich mich schwer getäuscht.

Mein altes Gehirn zeigte mir Grenzen:

Vokabeln zu behalten viel ziemlich schwer; wichtige Hilfsverben nicht ständig zu verwechseln ebenfalls; die Aussprache wurde zu einer Herausforderung.

Obwohl und erst recht habe ich bei der VHS die Stufe A bewältigt. Ob ich Kurs B.1 nun dort weiterführe oder online auf babble.de ausweiche, ist noch nicht entschieden. Aber tapfer lernen, werde ich wohl auch in Zukunft.

Gasthörer an einer Universität könnte man auch werden.

Der gute Vorsatz, außer Radfahren endlich wieder mehr Sport zu machen, blieb bisher einer und wurde nicht in die Tat umgesetzt.

Als ich denn nun endlich zu "Leichte Gymnastik 50+" gehen wollte, stellte ich fest, dass die Karten im Block zum Abriss vom Bezirkssportbund schon zwei Jahre abgelaufen waren. Wie die Zeit vergeht!?

Immer, wenn ich mal wieder versuche, meine sozialen Kontakte zu erweitern und zu erfrischen, begegnen mir auch Menschen meines Alters, die als Hobby gern "wandern".

Ich zucke dann zurück. Für mich hat Wandern was mit wirklich "alt" zu tun. Und wenn nichts mehr geht an körperlicher Belastung, die Füße versagen meistens zuletzt.

Also geht man wandern.

Ich bin mir bewusst, dass mich solche Vorurteile nicht weiter bringen. Auch da gehöre ich nicht dazu.

Ich lese viel. Und schreibe gern.

Und Lila geht immer!

"Lila - der letzte Versuch". Jeder der Älteren weiß allgemein, was damit gemeint ist.

Und gemein ist er darüber hinaus auch .

Dabei ist die Farbe "Lila" eine wirklich schöne und intensiv leuchtende.

Frei nach dem Motto: Wenn nichts mehr zu gehen scheint bei der Herrenwelt und dem Sex, schafft es vielleicht die Farbe Lila noch. Geltend jedoch nur und wie oft so gern für die Damen.

Das männliche Äquivalent müsste "der Schwerenöter" oder der "Lustgreis" sein.

Warum nicht sowieso auch bis ins hohe Alter farbenfroh gekleidet sein?

Diese vielen, grässlichen Beige-Braun-Grau-Schwarz-Bekleidungsstücke, besonders beliebt in den Herbst- und Wintermonaten, sind nicht nur für Fußgänger gefährlich, sondern gleichzeitig so trist und langweilig wie die graue Jahreszeit.

Dieses Faible für bestimmte Farben lässt sich in allen Altersgruppen beobachten, außer bei Babys und Kindern. Hoch erfreut, registriere ich stets und gern, kreuzt jemand "mit Farbe" meinen Weg.

Meine Mäntel sind schwarz, türkis und altrosa. Noch nicht optimal - dennoch scheine ich auf einem guten Weg der Farbgestaltung im Winter.

Zu den Mänteln in Türkis und Altrosa gern schwarze Kleidung als Kontrast getragen. Und für alle drei zeigt auch Geblümtes seinen ganzen Charme. Und ist mit allen Farben gut kompatibel.

Das ständige Reden über Krankheiten und Leiden, die oft frustriert und böse wirkenden Gesichter von alten Menschen und dazu diese schrecklichen Farben, da drängt sich bei aller Tristesse förmlich und direkt die Frage auf: Scheint das Weiterleben und das Altern denn so wenigen zu gefallen? Werde ich selbst auch so werden und wirken?

Nur ein Bruchteil scheint im Alter milde gestimmt und manchmal ein klein wenig weise.

Folgende Beobachtung:
Eine Person wird mit jedem Lebensjahr jenseits der 65 zunehmend passiv-aggressiv. Das ist so, wie wenn jemand mit einem Lächeln sagt : Du bist scheiße!

Ja zunehmend gemein, regelrecht "tücksch" wird diese Person. Die Bayern täten sagen: Hinterfotzig. Und unwillig gegenüber vor allem anderen Ansichten. Brüskiert und verletzt andere Menschen mit einer schroffen, ungehobelten Art. Die latent bereits immer vorhanden war. Und wohl gut unter Kontrolle mit einer gewissen Selbstbeherrschung blieb. Dass unter der Maske viele Aggressionen und Verletzungen schlummerten, konnte erahnt werden.

Dafür gibt es keine Entschuldigung. Es sei denn, eine kranke Veränderung des Gehirns findet statt. Bis das nicht bewiesen ist, gibt es auch keinen "Altersbonus" für solches Verhalten gegenüber seinen Mitmenschen.

Unser Gehirn und die Seele vergessen leider so gar nichts. Und sind aufdringliche Erinnerungsinstanzen.

Es könnte vermutet werden, dass diejenigen, die mit dem geführten Leben rückblickend und mit sich selbst zufrieden waren und im Reinen sind, gelassener zurück schauen und ruhiger gehen.

Verdrängte, verletzende Erlebnisse und/oder eigene begangene Schweinereien, quälen meist bis zum letzten Atemzug. Die Vorstellung, da wartet kein helles Licht des Lebens auf den Sterbenden, sondern schreckliche Dinge und Bilder im Kopf zu haben, wie zum Beispiel eine letzte gefühlte Wut oder eine große Angst aus der Kindheit, ist schrecklich. Und macht gewiss einigen Angst.

Tatsache ist, es gibt Menschen, die das ganze Leben bereits widerwillig oder verbissen oder bösartig waren. Oder alles drei zusammen. Beziehungsweise sich im sozialen Prozess, zumindest im Berufsleben anpassen mussten und sich mäßigen.

Diesen Anteil solange in sich verborgen haben zu müssen, da wo es störte, könnte anstrengend gewesen sein. Im Alter funktioniert anscheinend das nicht mehr so leicht und gut mit der nötigen Selbstkontrolle.

Und die eher "wahre" Person bricht durch.

Oftmals setzt sich das wirklich "Böse" auch über Generationen grausam fort. Einfach, indem Personen das selbst erfahrene und erlernte Leid nicht überwinden konnten, sondern als Teil ihres Lebens weiter geben. Bekanntlich geschieht das regelmäßig im Bereich familiärer Gewalt und/oder sexuellem Missbrauch in der Kindheit.

Wir Deutschen sind unmöglich und nur schwer zu ertragen, uns gegenseitig ständig zu belehren.

Und den Rest der Welt dazu.

Jedoch erlauben Sie mir, wenn ich aus persönlicher Erfahrung einen Rat geben möchte:
Wenn auch langwierig, gelegentlich sehr schmerzhaft und hin und wieder bis an die Grenze des Erträglichen gehend, es lohnt sich immer, die Vergangenheit, die Verletzungen, das Schöne und die Menschen im Guten wie im Schlechten zu betrachten.
Und der Humor bleibt auch.

Den Mutigen gehört die Welt.
Und wenn es sein muss - in Lila.

Warum zu leben, alt zu werden trotzdem schön ist

Das Schöne am älter werden ist, was mich betrifft,
dass ich mich noch nie so wohl und stimmig mit mir
selbst gefühlt habe. Ich mag mich heute, so wie ich
bin. Und kann mich mit meinen Schwächen und auch
den 10 Kilogramm mehr, die ich vor einigen Jahren
mit Rauchstopp zunahm, annehmen.
Früher war ich eine hübsche Maske, die meist gut
funktionierte.
Jetzt bin ich vielleicht für einige, wenige Personen
ein interessanter und liebenswerter Mensch.

Man kann vor allem sich selbst besser einschätzen und
die Mitmenschen folglich auch.
Die eigenen Bedürfnisse und Wünsche erkennen.
Das hat Vor- und Nachteile. Weil man mehr „sieht",
gehen viele Illusionen über das Leben und andere
Menschen verloren. Es ist andererseits auch viel
leichter, sich selbst schützen.
Meine Erlebnisse und Hochs und Tiefs im Dasein
hätten gelegentlich für zwei Menschen gereicht.
Und trotzdem ging es gut weiter im Leben.
Da ich nicht weiß, wie lange Zeit noch bleibt,
versuche ich, banale Gespräche (auch meist über
Krankheiten) und Menschen mit negativer Aus-
strahlung und schlechten „Schwingungen" nicht mehr
ernsthaft in mein Leben zu lassen.
Ganz kurz lässt es sich nicht immer vermeiden.
Gewiss, hat man in dem, meinem jetzigen Alter, noch

gut reden, schreiben und lachen.

So wird ein 80 Jähriger denken können. Sicher.

Wenn ich diesen schönen und teils bitteren Weg des langen Lebens bis zum Ende gehen werde, dann könnte auch mir ab einem gewissen Punkt das Lachen vergehen.

Spätestens wenn ich in einem Pflegeheim beim Bingo sitze und auf den Kaffee und den Kuchen warte.

Und auf die Besuche meiner viel beschäftigten Angehörigen.

Und ich langsam so schwach werden könnte, dass es nur noch um Medikamente gehen wird und um meine Krankheiten, beziehungsweise um das blanke, reine Überleben. Das kann ich mir momentan überhaupt nicht vorstellen. Wie so vieles andere auch nicht.

Ich hoffe, diese Misere dann nicht mehr voll geistig und direkt miterleben zu müssen.

Leichte Demenz, nicht nur im Sommer wegen zu wenig trinken und folgendem Flüssigkeitsmangel, wäre vorteilhaft und ich nicht abgeneigt.

Aber bis dahin, das ist sicher, werde ich nicht über Krankheiten reden!

Und nur, wenn es nicht anders geht.

Wenn Sie hier und da auch mal schmunzeln konnten, wenn nicht zudem laut lachen, mag sein sogar plötzlich und unerwartet über sich selbst, dann habe ich meine Absicht erreicht.

Veröffentlicht: Oktober 2018.
Inhalt, Cover und Fotos: Anouk Alborg
Alle Urheberrechte vorbehalten.
Copyright: BoD - Books on Demand
Herstellung und Verlag: BoD, Books on Demand,
Norderstedt
Kontakt: info@bod.de
ISBN: 9-783-748-13144-1

Herbstzeit

Vorbei sind nun ein Frühling und Sommer
für die Ewigkeit
So hört man Menschen sagen
Anfangs noch mit warmen Farben
Zeigt sich der Herbst
Mit Sonne an hellen Tagen
Und dem ersten Tau am Morgen
Und der Winter mit seinen dunklen Zeiten
Erscheint immer zu lang
Und schwer zu ertragen

Anouk Alborg